LE
PEUPLE MARTYR

PAR

CH. ALEXANDRE

Rappelons-nous que ces Polonais ont
prié pendant deux ans.
Ils ont attendu à genoux, et les voilà
qui se lèvent !

LAURENT PICHAT.

PARIS

E. DENTU, ÉDITEUR

LIBRAIRE DE LA SOCIÉTÉ DES GENS DE LETTRES

PALAIS-ROYAL, 17 ET 19, GALERIE D'ORLÉANS

LE PEUPLE MARTYR

PARIS. — IMP. SIMON RAÇON ET COMP., RUE D'ERFURTH, 1

LE

PEUPLE MARTYR

PAR

CH. ALEXANDRE

Rappelons-nous que ces Polonais
ont prié pendant deux ans.
Ils ont attendu à genoux, et les
voilà qui se lèvent!

LAURENT PICHAT.

PARIS

E. DENTU, ÉDITEUR

LIBRAIRE DE LA SOCIÉTÉ DES GENS DE LETTRES

PALAIS-ROYAL, 17, ET 19, GALERIE D'ORLÉANS

—

1863

LE

PEUPLE MARTYR

I

Il a prié longtemps, prié sans espérance
    Son tyran sans remords :
Aspirant le tombeau comme une délivrance,
    La liberté des morts.

Il ne combattait plus, ce peuple militaire,
    Ce chevalier si beau,
Il poursuivait, lassé de la guerre sur terre,
    La paix dans le tombeau.

Le crucifix en main, devant la Vierge-mère,
  La mère des douleurs,
Il chantait, à genoux, sur sa patrie amère,
  Des chants chargés de pleurs.

Et pendant que ce peuple, au sein de la fournaise,
  Gémissait loin de nous,
On abattait, à coups de balles, à son aise,
  Ces héros à genoux.

On fusillait sans peur ces hommes en prière,
  Chargés, la lance au poing ;
On entendait, pendant le feu, l'hymne guerrière,
  Le chant ne mourait point.

Déchiré par le knout, flagellé comme un nègre ;
  Aux malheurs surhumains,
Ce peuple en croix, nourri de fiel et de vinaigre,
  Les clous aux pieds, aux mains ;

Ce sauveur de l'Europe, à l'insulteur immonde,
  Le coup de lance au flanc,
Comme un grand Christ funèbre élevé sur le monde,
  Se dressait tout sanglant.

Puis, une nuit d'hiver, sans bruit, dans les ténèbres,
  On fit signe aux bourreaux ;
La police lança tous ses limiers funèbres,
  Ses voleurs de héros.

Elle allait à l'exil, la jeunesse bannie,
  Comme un aigle blessé,
Quand bondit, sous le coup de fouet de l'ironie,
  Ce héros terrassé.

Ses gardes le croyaient roide mort sous la pierre,
  Quand, au soleil levant,
Ils virent, éblouis, le mort hors de sa bière,
  Le cadavre vivant.

II

Ils sont partis sans ordre, ont dit des imbéciles.
  L'ordre, c'est le malheur,
C'est l'exil, et la mère et l'enfant sans asiles ;
  L'ordre, c'est la douleur !

Ils sont partis, ils font aux bois la guerre sainte,
  A l'abri du sapin,
Campés dans les forêts comme dans une enceinte,
  Sans fusils et sans pain.

Affamés, demi-nus, sur la neige et la glace,
  Effrayants de pâleur,
Le corps lassé parfois, et l'âme jamais lasse,
  Trempés dans la douleur.

Au feu, toujours en marche, ils ont vingt ans à peine,
    La saison de bonheur;
A l'âge du plaisir, ils courent à la peine,
    Ils courent à l'honneur.

Les deux cents de Wengrow, en vivantes murailles,
    Pour tous se sont levés;
Ils abritent l'armée avec des murs d'entrailles,
    Leurs frères sont sauvés!

Hourrah! droit au torrent des Russes qui dégorge,
    Droit aux gueules d'airain;
Sans armes, ils ont pris les canons à la gorge,
    Les héros sont en train.

En foule, les ours blancs descendent de leurs glaces
    Avec le vent du nord;
Ils courent sur la neige, avides de leurs places
    Au festin de la mort.

Allons! la proie est prête, et le festin commence,
    Donnons-nous du bon temps;
Le sang et le vin coule, et les met en démence,
    Les Russes sont contents.

Ils pillent les maisons, ils embrasent les villes,
    Les foyers sont rasés :
Ce n'est rien, l'ordre règne, et ces soldats serviles
    Massacrent les blessés.

L'homme n'est plus un homme ; un délire féroce
          Enivre ces pillards ;
Ils écrasent des fronts d'enfants à coups de crosse,
          Ils sabrent les vieillards.

On joint les mains d'horreur à cette armée infâme,
          Mais le czar la défend.
Les Russes sont en joie, ils violent la femme,
          Ils égorgent l'enfant.

Aujourd'hui les bandits ont bonne renommée,
          Les assassins sont rois ;
Ils ont fait leur fortune, ils ont toute une armée
          Pour défendre leurs droits.

Le routier d'autrefois n'était pas si prospère,
          Ceux-ci sont bien nourris,
Ils ont tout un empire aujourd'hui pour repaire,
          Des amis à Paris.

Le czar leur a donné la Pologne en curée,
          Le cerf est aux abois ;
Mais les dogues ont peur de sa fureur sacrée,
          Ils ont peur de son bois.

Et pendant que le monde est en train de maudire
          Cette guerre de loups,
A ces *brillants* soldats l'empereur vient de dire :
          « Je suis content de vous! »

III

Ne chantez pas encor victoire sous vos dômes.
    Macbeth n'a pas raison,
Banquo, le spectre est là... Voici les faucheurs d'hommes,
    Les faux font leur moisson.

Elles travaillent bien, jour et nuit, sans relâche,
    Et fauchent les soldats ;
La légion n'a pas un seul traître, un seul lâche,
    Le Christ est sans Judas.

La patrie est en feu ; tous, les vieux et les jeunes,
    Les heureux, les proscrits,
Chassés par l'incendie, affamés par les jeûnes,
    Par la haine nourris.

Sur chaque héros mort dans un élan superbe
    Se lève un remplaçant.
Voici des héros frais qui poussent comme l'herbe
    Sous l'orage du sang.

On accourt, on accourt à la cloche d'alarmes,
    Aux foyers enflammés;
Les yeux ont trop pleuré, les yeux n'ont plus de larmes,
    Mais les cœurs sont armés.

Mais les bras sont sans arme, hélas! ou n'en ont guère.
    Ils sauront en trouver.
De l'outil de la paix ils font l'outil de guerre,
    Les faux vont se lever.

Et, faux, bâtons en mains, ils vont à la bataille.
    Ils frappent, frappent dru;
C'est la guerre sauvage, on se hache, on s'entaille,
    Le cœur a disparu.

Elle court dans le sang l'atroce bacchanale,
    Folle d'inimitié;
Le combat est sinistre, et la chasse infernale,
    Les chasseurs sans pitié.

Des Russes, de grands cœurs, à l'ukase implacable
    Se sont tués d'horreur.
Gorstchakoff tombe, un soir, sous le sang qui l'accable,
    Foudroyé de terreur.

Dors, grand désespéré, dors en paix dans ta tombe,
    Dors, le pardon t'a lui.
Mais que sur Nicolas la main de Dieu retombe !
    Le coupable, c'est lui !

Il s'irrite au tombeau que sa victime vive.
    Oui, son cœur encor bat ;
Elle vit dans la mort, la douleur la ravive :
    Femme, enfant, tout combat !

On ne peut les saisir, ces héroïques ombres,
    Ces ardents tourbillons.
Voyez luire les faux au fond des forêts sombres,
    Trancher les bataillons.

Elles fauchent toujours, toujours tu les soulèves,
    Puissante liberté !
Ce héros indompté transpercé des sept glaives
    A l'immortalité.

Non, il n'est pas fini, ce grand duel tragique,
    Le droit n'est pas vaincu ;
Au feu de Langiewicz et sa guerre magique,
    L'espoir a revécu.

Son corps rapide éclate et part comme la poudre,
    Dans les bois, sur les monts.
De sa patrie en deuil, archange, à coups de foudre,
    Il chasse les démons.

Et l'Europe l'admire, et son culte consacre
Ces preux des saints combats.
Mais pour punir ce crime et finir ce massacre,
N'irons-nous pas là-bas?

Trop tard! on a lancé la funèbre nouvelle
Comme une balle au cœur :
Langiewicz est vaincu, son désastre révèle
Que le crime est vainqueur.

Langiewicz en déroute a passé la Vistule
En héros naufragé.
Tout est fini!... non, non, personne ne recule,
Nul n'est découragé.

Non, tout n'est pas fini, le combat recommence;
Avez-vous entendu
Dans l'empire de glace un craquement immense?
Non, tout n'est pas perdu.

Soldats de Dieu, Français, Anglais que rien n'oppresse,
Libres comme la mer,
Laisserons-nous périr la Pologne en détresse

. . . .

Quand on crie au secours, qu'est-ce donc que vous faites
Dans vos salons en fleur?
Voulez-vous étouffer sous les chants de vos fêtes
Les grands cris de douleur?

.Quand nos cœurs dans le deuil, quand nos cœurs se soulèvent
    D'horreur vers le bourreau,
Laisserons-nous dormir, lorsque nos mains se lèvent,
    Notre épée au fourreau?

Dirons-nous, dirons-nous, nation refroidie,
    Respect à l'assassin?
Dites, n'irons-nous pas éteindre l'incendie?
    On sonne le tocsin.

Quand tout un peuple brûle et combat sous la cendre,
    Quand s'éteint son flambeau,
Laisserons-nous, amis, Lazare redescendre
    Encor dans le tombeau?

La Grange-Saint-Pierre, 21 mars 1863.

PARIS. — IMP. SIMON RAÇON ET COMP., RUE D'ERFURTH, 1.

www.ingramcontent.com/pod-product-compliance
Lightning Source LLC
Chambersburg PA
CBHW061429170626
46811CB00005B/2197